おしりたんてい

どんなときでも　れいせい。
すきなものは、あたたかい　のみものと
あまい　おかし。（とくに　スイートポテト）
しゅみは、ティータイムと　どくしょ。
くちぐせは　「フーム、においますね」。

ブラウン

おしりたんていの　じょしゅ。
すなおさゆえ　つい　ちょうしに
のってしまう　うかつもの。

キャーロット・ホース

とつぜん　まちに　やってきた
めいたんていと　なのる　おとこ。
おしりたんていに　たんていしょうぶを
もうしでる。

トン・ワトン

ホースの　じょしゅを　なのる
おとこ。くちが　わるくて
すこし　だらしない　せいかく。

おしりたんてい

あやうし たんていじむしょ

さく・え トロル

あやうし　たんていじむしょ

ある　昼さがり、おしりたんていは
いつものように　こう茶を　のみながら
新聞を　読んでいました。ブラウンも
ミルクを　のみながら　まんがを
読んでいます。

そこへ　バンッ！　と　ドアが　あき、
すずが　はいって　来ました。
「おい！　これを　見ろよ!!」
すずは、おしりたんていの　前に
チラシを　広げました。

まちいちばんのめいたんてい

キャーロット・ホース たんていじむしょ かいせつ!!

※しんらいど No.1
※とうじむしょしらべ

2回目のごいらいから
お代ははっせいいたします

おきがるにごそうだんください 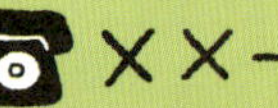 XX-XXXX

「町中に　くばられているみたいなんだよ」

と、すずが　いいました。

「なんだってぇ〜！　こんなのが　町中に！」

言うがはやいか、ブラウンは　へやを

とびだして　いきました。

「ブラウンの　やつ　『キャーロット・ホースたんていじむしょ』に
なぐりこみか!?　それなら　あたいも
かせいするぜ！」

　すずは、うでを　ブンブンと
ふりまわしました。

「フム、すずさん。おちついてください。
ブラウンは　わたしが
つれもどしてきますので」

おしりたんていは、『キャーロット・ホースたんていじむしょ』の　ある
ビルに　むかいました。

おしりたんていは　ドアを
ノックしました。
「いま　とりこみ中なんだ。いらいが
あるなら　れつに　ならびな」
と　いいながら、男が　出てきました。

　ワトンは、ニヤニヤと　わらいながら、
「ちょうど　よかった。あんたのとこの
じょしゅが　さわいで　めいわくなんだ。
町で　二ばんめの　めいたんていさん、
はやく　かいけつしてくれよ」
と　いいました。
「町いちばんの　めいたんていは
おしりたんていさんだ！　こんな
チラシを　くばるなんて　ひどいよ！」
　ブラウンは　声を　あらげました。

「これは　えいぎょうどりょくって
いうんだぜ。町の　人びとの　力に
なりたい　ホースさんの　思いを
チラシにしただけさ。おまえみたいな
お子さまには　ホースさんの　りっぱな
こころざしは　わかんねえか！」
　ワトンは、ブヒッと　はなを
ならしました。

ワトンくん。少し　ことばが　すぎますよ。

おくから　声が　ひびきました。

「あなたは　あの　ゆうめいな
おしりたんていさんですね。わたしは
キャーロット・ホースと　もうします。
こんな　むさくるしいところに　来てもらい
こうえいです。ひっこしてきたばかりで
まだ　かたづけが　おわってなくて……」
と、ホースは　あいさつしました。

「でもよ、ホースさん。言いがかりを
つけてきたのは　あっちなんですぜ」
ワトンは　ブラウンを　にらみました。

ホースは、少し　考えて　いいました。
「町いちばんの　めいたんていを
しょうぶで　きめるのは　いかがでしょう？」

　ブラウンは　こまった　かおで
おしりたんていを　見(み)ました。
「はん！　おじけづいたか。
ホースさんに　かてるわけないからな！」
と　ワトンが　いいました。

「おしりたんていさんも　よろしいですか？」
と　ホースが　たずねました。
　おしりたんていが　こたえようとする
前に　ブラウンが　さけびました。
「もちろん、その　しょうぶ　うけてたつ！」

ワトンは、
「いらいにんは　うちに　来ている
きゃくで　いいよな」と　いい、外から
じょせいを　つれてきました。

　ホースは　ソファーに　ドカッと　すわり
いらいの　ないようを　たずねました。
「つい　さっき　みずうみこうえんの
おくで　ひったくりに　あいました。
バッグを　とられたの。はんにんは、
赤いシャツで　めがねを　かけていました」
と　いらいにんが　こたえました。

ホースは、ワトンと　ともに　じむしょを　さっそうと　出ていきました。

おしりたんていと　ブラウンは
みずうみこうえんの　おくへ　むかいました。

いっぽんだけ
かおにみえる
木がある
らしい……
みち
まちがえて
ないか？
おかしいな〜
どろパックならぬ
ぬまパックね〜

赤いシャツで　めがねを　かけたかたを
さがしましょう。おや？　ふたりいますね。
あっキシュウ せんせい！
きょうは かがいじゅぎょう だーーーっ！
4コの おしりを さがせ
しまった！ みうしなった！
はしるのは にがてだぜ ブヒブヒ

めがね
つれたベー
ありがとう
ございます
カツラが
みつからんのお〜
やさいやさん
占
オホホ
グキ
アハハ

そのときです。

はんにんは、あの　男です！
ワトン！　つかまえてください!!

と、声が　ひびきました。

ワトンは　男に　つかみかかりました。

「おまえが　ひったくりはんだろう！」

「はい。わたすが　とりました」

と　いって　男は　もっていた　バッグを
さしだしました。

「うわぁ～。先を　こされた～！　はやく
あの　男を　つかまえれば　よかった！」
そのようすを　見ていた
おしりたんていが　いいました。
「フーム、おかしいですね。かれを
はんにんと　きめつけるには　しょうこが
たりないのですが……」

「いらいにんは、はんにんが　男(おとこ)だとは
ひとことも　いっていませんでした……」
「たしかに　おかしいですね」
　ブラウンは　くびを　かしげました。
そこへ、ワトンが　やってきました。
「なに、ごちゃごちゃ　やってるんだ！
しょうぶは　きまったんだぜ!!」

ホースたちは　じむしょに　もどり、
いらいにんに　バッグを　わたしました。
この　しょうぶ　ホースさんの　かちだ！
町いちばんの　めいたんていは、
ホースさんだ！　ブヒヒヒッ!!
ありがどう
ございますぅ〜

ホースは　はんにんの　かたに　やさしく
手を　おきました。
「あなたは　わるいひとでは　ないはずです。
こころから　あやまれば　マダムも　きっと
ゆるしてくれるでしょう」
「うう、もう　ひとの　ものは　とりません」
男は　なみだを　ながし、あやまりました。

ワトンが　ブヒッと　はなを　すすります。
「みなさ～ん！　見ていましたか！
いらいを　かいけつして　しょうぶに
かっただけでは　なく、なんと　はんにんを
かいしんさせました！　みなさんの
力に　なれる　めいたんていは
キャーロット・ホースさんだけです!!」

しょうぶの　けっかは　またたく間に
町中に　広がりました。

なにが　町いちばんの　じょしゅだ～！
あんな　いやみな　やつに　まけるなんて!!

ブラウンは　バサリと　新聞を　おき、
おしりたんていを　見ました。
おしりたんていは、
考えごとを
しているようでした。

そのとき　ジリリリと　でんわが
なりました。
マルチーズしょちょうからでした。

　おしりたんていと　ブラウンは、
『ＫＮＫぎんこう』に　つきました。
「まってておったぞ！　ぎんこうごうとうが
中で　たてこもっているらしいんじゃ。
つかまえるため　力を　かしてくれんか」
　マルチーズしょちょうは　ぎんこうの
見とりずを　広げました。

そこへ　ホースと　ワトンが

やってきました。

「この　じけん、われわれが　力を
かしますぜ」
と、ワトンが　いいました。
「いらいを　うけたのは　ぼくたちだ！」
　ブラウンが　いいかえします。ワトンは
ひとだかりに　むけ、新聞を　かかげました。
「みなさ～ん。もちろん　ごぞんじですよね。
町いちばんの　めいたんていは　この
ホースさんです！」

ホースは　マルチーズしょちょうの　前に歩みでました。

「ワンコロけいさつを　しきなさっている
マルチーズしょちょうですね。ぜひ、
ごきょうりょくさせていただけると
こうえいなのですが……」

マルチーズしょちょうは　コホンと
せきばらいしました。

「そうじゃな！　おしりたんていくんに
くわえて、ホースくんも　いれば
百人力じゃ！」

「では、さっそく　見とりずを　はいけん
させていただきます。なるほど……。
ぎんこうごうとうたちの　にげ道が
わかりました」

ぎんこうごうとうたちの　にげ道は
ひとつしか　ありません。たてものは
ほういされ、入口や　うら口、まどは
かぎが　かかっています。みなさん
もう　おわかりでしょう？

しゅつだいするなんてずうずうしい！

「そう！
げすいどうから
にげます！」

「げすいどうの　出口は　どこじゃ!?」
「みなとの　ほうです！」
「よーし！　出口を　ふさげば
つかまえたも　どうぜんじゃ！」
マルチーズしょちょうたちは
パトカーに　のり、とびだしていきました。

「やっぱり　町いちばんの
めいたんていは　ホースさんだな！
おまえたち、そろそろ　べつの
しごとでも　さがしな!!」
　ワトンは、ブヒッと　はなを
ならしながら　さっていきました。
「フム、ブラウン。では
わたしたちも　むかいましょうか」
「みなとですか？」
「いえ、ぎんこうごうとうたちの
もとへ……」
　とまどう　ブラウンと　いっしょに
おしりたんていは
そのばを　あとに
しました。

しばらくすると　ぎんこうの
うら口から　大きな　かばんを
もった　男たちが　出てきて、ものかげで
まっていた　男たちと　ごうりゅうしました。

そして、ちかくに　とまっていた
タクシーに　のりこみました。

「えきに　いってくれ」
そう　いったのは　ワトンでした。
うしろには　ホースも　のっています。
「うまく　いったぜ！」
「この　町の　けいさつも　ちょろかったな」
男たちは　わらいが　止まらない
ようすで　かばんを　かかえました。

「こんかいも　ボスの　けいかくは
かんぺきですぜ」
と　ワトンが　いいました。
「あたぼうよ！　ぎんこうが
もぬけのからだと　気づくころには
おれたちは　とおくの　町さ」
　ホースが　はを　むきだして
わらいました。

「ゆきさきは　えきだったでしょうか？」
　とつぜん　うんてんしゅが　口を
はさみました。
「は？　えきって　いっただろ！」
　ワトンが　わずらわしそうに
こたえました。

　うんてんしゅは　ゆっくりと
かおを　あげました。

お、おまえは　おしりたんてい!!

おまえたちは　たんていじゃなくて
ほんとうは　ぎんこうごうとうだ！
びくっ
ガオーッ
おまえもいたのか！

　ワトンは　とっさに　こたえました。
「かんちがいするな。お、おれたちは
ぎんこうごうとうたちを　つかまえたんだぜ」
「そうですよ。かばんを　よこせ！」
と　いって、ホースは　となりの　男から
かばんを　うばいとりました。
「見てください！　ぎんこうごうとうたちを
つかまえ、けいさつの　力に
なることが　できて、よかったです」

「フーム、
　かんちがいなさっているのは
　ホースさんと
　ワトンさんですよ。
　あなたたち　ぜんいんが
ぎんこうごうとうです」

「り、りゆうや　しょうこも　なく
ぎんこうごうとうと
きめつけるのは
たんていとして
いかがなものでしょう」
　ホースは、はりついたような
えがおで　いいました。

「フム、では　ごなっとくいただけるまで
じっくり　せつめいさせていただきます……」
おしりたんていは　話はじめました。
「さきほど　マルチーズしょちょうから
『ＫＮＫぎんこう』の　見とりずを
見せられたとき、前に　とある　ばしょにも
あったことを　思いだしました」

『ＫＮＫぎんこう』の　見とりずは
どこに　あったでしょう？

そうです。ホースさんの
じむしょです。

「なぜ　ぎんこうの　見(み)とりずを
おもちなのですか」
と　おしりたんていが　たずねました。
　ホースは　こたえます。
「ぐうぜんですよ。その　ていどで
ぎんこうごうとうと　きめつけられるのは
いかんですね」

「では　うしろに　おすわりの　男たちも
ぐうぜんなのでしょうか」

かれらとは、すでに
おあいしているのですよ。いつでしょう？

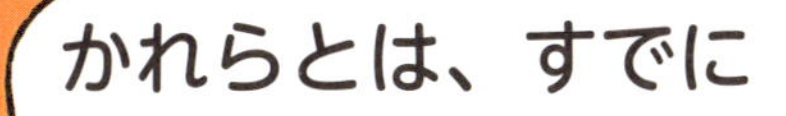

「いらいにんと　ひったくりはんが
ぎんこうごうとうだったなんて！　すごい
ぐうぜんですね。気がつきませんでしたよ」
ホースは　目を　まるくしました。
「フーム、まだ　せつめいが
たりませんか。ブラウン、おねがいします」
ブラウンは、「ほい、きた！」と　いって
ホースたちに　しゃしんを　つきつけました。

ホースさんたち　4にんが
なかまだと　いう　しょうこを
さがしだしましょう。

そうです。

この　しゃしんたてです。

しゃしんの なかの しゃしん なので
すこし ややこしいですが

「あなたがたは　ずっと　前から
おしりあいなんですよね。そして、すべての
けいかくを　たてたのは　ホースさん
あなたです。先ほどの　かいわから
あなたが　ボスなのは　あきらかです。
ごなっとくいただけたでしょうか……」

たまらず　ホースは　さけびました。

ワトンの　せいだ！　さっさと　へやを
かたづけないから　バレたんだ!!

ボスの　けいかくが　あまかったからだ！
おい！　くるまを　止めろ！

コラー！

「ざんねんながら　くるまを
止めることは　できません」
　おしりたんていは　ハンドルを
きゅっと　にぎりなおしました。

きゅっ

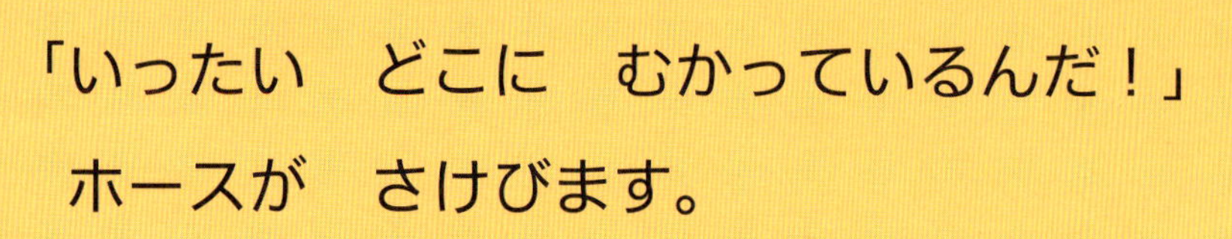

「いったい　どこに　むかっているんだ！」

ホースが　さけびます。

「もちろん　ゆきさきは　ひとつ。
ワンコロけいさつしょですよ」

ホースたちは　にげだそうとしました。

「フーム、はしっている　くるまを
おりたら　あぶないですよ。少し
おとなしくしてもらいましょうか」

ブッラュウ
（しつれいこかせていただきます）

ウウウゥ+

ワンコロけいさつしょに　タクシーが
入ってきました。

ぎんこうごうとうを　たいほじゃ!!!
あけるぞ――っ

バフッ

「まさか　こいつらが
ぎんこうごうとうだったとはのぉ」
「町の　ひとびとの　しんようを　手ばやく
えるため、わたしたちに　しょうぶを
いどんだのでしょう」

「たんていも　いらいにんも
ひったくりはんも　なかまとはのぉ。
しょうぶは　ずるだったんじゃなぁ」
「ところで　おしりたんていさんは、
いつ　ホースたちが　ぎんこうごうとうだと
気づいたんですか？」
と　ブラウンが
たずねました。

ぎんこうの　前で　ホースさんの　話を
聞いたとき、とある　いいかたに　ひっかかり
かくしんしました。どこだと　思いますか？

そうです！
『ぎんこうごうとうたち』と
いったところです。

「じけんが　おきたとき、はんにんが
なんにんいるか　わかりませんでした。
しかし、ホースさんは
『ぎんこうごうとうたち』と　いい、
一人ではないことを　知っているかのように
話していました」
「やっぱり　町いちばんの　めいたんていは
おしりたんていさんですね！」
　ブラウンは　うれしくて　とびはねました。

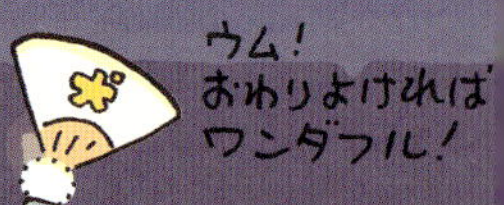

つぎのひの　新聞（しんぶん）は
おしりたんていの　きじで
にぎわいました。

あやうし　たんていじむしょ
～おしまい～

わるいのは
こいつです!
いや!こいつです!

おとうさまは　しんぱいしょう

ぎんこうごうとうじけんの　よくじつ、たんていじむしょに　かめのこうじ　まんねんが　たずねてきました。

かめのこうじけは、だいだい　つづく大金(おおがね)もちで　たくさんの　かいしゃを　けいえいしています。

「はんにんたちを　つかまえてくれて
ありがとうございました」
「そっか！　あの　ぎんこうは
かめのこうじさんの　ぎんこうでしたね」
と　ブラウンが　いいました。

そわそわしている　かめのこうじを　見て
おしりたんていが　たずねました。
「フム、おれいのためだけに
いらしたわけでは　ありませんね」

はい……。じつは　むすめの
みどりの　ことで、いらいが　あるんです。
みどりを　びこうして　ほしいのです。

「え!?　なにか　じけんなんですか!?」
ブラウンは、おどろいて　たずねました。

　かめのこうじは　ためいきを　つきました。
「いえ　じけんでは　ないのですが……。
ここ　すうじつ　むすめの　ようすが
へんなのです。こっそり　家を　出て、外で
なにかしているようなのです。どこに
出かけているのかと　聞いても、
ないしょの　いってんばりなんです。
しかたなく、やしきの　ものに
あとを　つけさせたのですが
とちゅうで　まかれてしまって……」

かめのこうじは　あたまを　かかえました。
「だいじな　むすめが　わるいことに
まきこまれているかもしれないと　思うと、
しんぱいで　夜も　ねむれません」

かめのこうじの　やしきに　ついた
おしりたんていと　ブラウンは　みどりを
びこうするため、出てくるのを　まちました。

「フム、みどりさんが　出てきました」

みどりさんに　見つからない　ばしょは
どこでしょうか？
ドアの　よこ
ボボボボ
ボボボボ
くるまの　かげ
いけがきの　かげ
ヨコの
おしりを
さがせ！

ドアの　よこ
「見つかってしまいました」
おしりたんていさん？
フーム
ちかすぎ
ましたね
くるまの　かげ
「見つかってしまいました」
フム
くるまが うごいて
しまいました
いけがきの　かげ
「フム、ここなら　見つからずに
まつことが　できますね」

みどりは　ときどき　うしろを

かくにんしながら　道(みち)を　すすみます。

たてもののかげ
「見つかってしまいました」
おとがでそうなものがあるばしょはさけましょう
あっしまった！
カーン
かんがカーンとあたった
かいだんのかげ
「見つかってしまいました」
しりあいがいるばしょもきけんです
よーっ!!なにこそこそしてんだよ！
こえがおおきいよ〜！
かんばんのかげ
「フム、かくれながら　すすむことが　できました」
キャーロット・ホース
1F

しばらくすると　ひとどおりの　おおい
ばしょに　出ました。
ワンコロけいさつしょ
3コの
おしりを
さがせ
はやくあおに
なってくれ〜っ
みどりさんは　どこでしょう？

フム。あそこですね。
リボンとこうらがめじるしです
こうつうワンぜん
きぐるみショー
まもなく
はじまりまーす
ワンコロけいさつしょ
だいほん
できるの？
まぁやってみたら
きぐるみに
まぎれこむ
だいどうげい
だいどうげいに
まぎれこむ

フムッ！　みどりさんが
キョロキョロしています。いそいで
まわりに　とけこみましょう。
どうしよ
どうしよ
3コの
おしりを
さがせ
占
占
みみずの はは
せんせいに
うらなってもらう
サンサン
サンバ
パレード
イヤリングを かたほう
おとしたみたい……
パレードに
まぎれこむ

きぐるみに
まぎれこむ
「見(み)うしなってしまいました」
さがしびと
みうしなう
きぐるみ
とおりまーす
でばんが
きてしまった
ようですね……
きぐるみショー
はじまりまー
だいどうげいに
まぎれこむ
「見(み)うしなってしまいました」
すごーい
ひとだかりで
みうごきが
とれません
ヒュー
ヒュー
おみそれ
しましたー！
パレードに
まぎれこむ
「フム、気(き)づかれずに　すみましたね。
うまく　とけこむことが　できました」

しばらく　あとを　おうと、みどりは
『さいほうきょうしつ』と　かかれた　家に
入っていきました。
「みどりさんが　出かけていた　ばしょって
ここなんでしょうか？」
と　ブラウンが　いいました。
「なるほど。みどりさんが　こっそり
出かけていた　りゆうが
わかりました」

みどりさんは　かめのこうじさんに
ないしょで　なにをしているのでしょう？

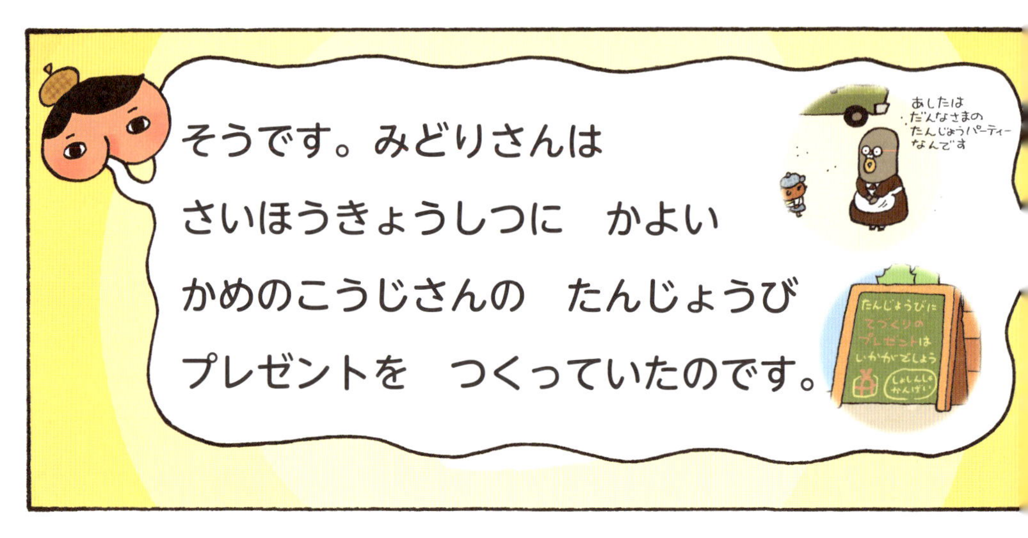

「フーム。それにしても　こまりましたね。
みどりさんは　かめのこうじさんを
おどろかせたくて、ないしょで
プレゼントを　つくっているのでしょう。
このことを　かめのこうじさんに
つたえると　みどりさんの　サプライズが
だいなしになってしまいますね……」

そのとき、さいほうきょうしつの　ドアが
あき、みどりが　出てきました。
「やっぱり　おしりたんていさんの
声だったのね！　でも　なんで
こんなところに　いるの？」

おしりたんていの　こまった　かおを
見て　みどりが　いいました。
「あっ！　おとうさまに　たのまれたのね。
おしりたんていさんに　いらいするなんて、
まったく　しんぱいしょうなんだから」

　みどりは　やれやれと　あたまを　ふり、
「おしりたんていさん。このことは
ないしょにしてほしいの」
と　いいました。
「フム、わかりました」
「ありがとう！　おしりたんていさんも
あしたの　たんじょうパーティーに
ぜひ　いらしてね！」

つぎの日、おしりたんていと　ブラウンは
かめのこうじの　たんじょうパーティーに
むかいました。げっそりした　ようすの
かめのこうじが　でむかえます。
「おしりたんていさん、まっていましたよ。
きょうこそ　みどりが　どこで
なにをしていたのか
おしえてくれるんですよね。しんぱいで
ねむれませんでしたよ～」

　そこへ　みどりが　やってきました。

「おとうさま、こたえは　これよ」

と　いって、みどりは　かめのこうじに

プレゼントを　手(て)わたしました。

「え !?　こたえって !?　いったい

どういうことだい？」

　かめのこうじは　とまどいながら

つつみがみを　あけました。

プレゼントは　手づくりの
スカーフでした。

「みどりが　つくったのか !?」
「そうよ。おとうさまを　おどろかせたくて
ないしょで　さいほうきょうしつに
かよったんだから！」

「そうか、そうか。こっそり
でかけていたのは　わしの　プレゼントを
つくるためだったのか！」
　かめのこうじは　うきうきで　スカーフを
くびに　まきました。

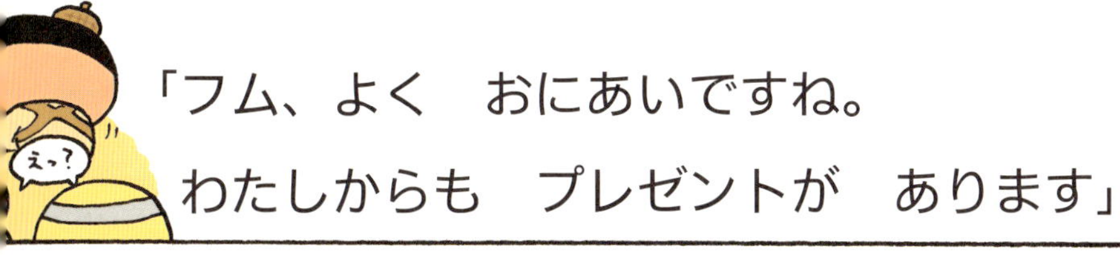

「フム、よく　おにあいですね。
わたしからも　プレゼントが　あります」

そういって　おしりたんていは
手に　ハンカチを　かぶせました。

……んな　マジックは　いかがでしょう。
わたしも　きょうしつで
おしえてもらいました
アザラーシの
マジックきょうしつ
2F
ポンッ
お――――っ
すてき！

パーティーは　夜が　ふけるまで

おおいに　もりあがりました。

おとうさまは しんぱいしょう
〜おしまい〜

● 作者紹介　トロル

トロルは田中陽子（作担当・1976年生まれ）と深澤将秀（絵担当・1981年生まれ）によるコンビ作家。本作のほかに、絵本「おしりたんてい」シリーズ（ポプラ社）がある。

7ページ
5コの おしりを さがせ

18-19ページ
4コの おしりを さがせ

20-21ページ
4コの おしりを さがせ

52ページ
4コの おしりを さがせ

69ページ
3コの おしりを さがせ

73ページ
3コの おしりを さがせ

74-75ページ
3コのおしりを さがせ

87ページ
3コの おしりを さがせ！

76ページ
金のおしりを さがせ！

かるがもたさんちの ななつご

- カモいちろうくん ➡ 18ページ
- カモじろうくん ➡ 21ページ
- カモさぶろうくん ➡ 31ページ
- カモよんろうくん ➡ 52ページ
- カモごろうくん ➡ 19ページ
- カモろくろうくん ➡ 21ページ
- カモしちろうくん ➡ 46ページ

おしりたんていファイル（6）

おしりたんてい　あやうし たんていじむしょ

発行　2018年3月　第1刷
　　　2018年6月　第3刷

作・絵　トロル
発行者　長谷川 均　　編集　高林淳一　林 利紗
発行所　株式会社ポプラ社
〒160-8565　東京都新宿区大京町22-1
電話　03-3357-2216（編集）
　　　03-3357-2212（営業）
ホームページ　www.poplar.co.jp
印刷　図書印刷株式会社　　製本　株式会社ブックアート
装丁　楢原直子

ISBN978-4-591-15811-1　N.D.C.913　88p　22cm　©Troll　2018　Printed in Japan

ほんの かんそうを きかせてくださいね。
あなたの おたより まっていますよ！

おとうさまは　しんぱいしょう

ケーキも　ピザも　グラタンも
おすしも　ぜんぶ　おいしかった。
ぼくも　いつか　あんな　せいだいな
たんじょうパーティーを
ひらきたいなぁ。ほねケーキに
ほねアイスに　ほねチョコ。
かいてたら　よだれが　でてきた。

あやうし　たんていじむしょ

けっこんさぎが　せいこうしたときの
しゃしんを　かざっておくなんて
ホースは　いがいと　おもいでを
たいせつにする　タイプなのかな。
（ワトンが　だらしなかっただけ？）
そういえば　ホースは　わかいころ
りくじょうせんしゅを　めざしていた
らしい。じむしょの　どこかに
トロフィーが　あったような……。

MEMO

ブラウンにっし　より